Noël... quelle GALÈRE !

ALICIA GARNIER

NOUVELLE

NOËL... QUELLE GALÈRE !

ISBN : 979-8-355149-86-4 - Independently published
Première édition : Novembre 2022
Dépôt Légal : Novembre 2022
Imprimé par Amazon

À toutes les personnes qui adorent Noël et à qui on refusent de faire le sapin en novembre... ne baissez pas les bras !

Chapitre 1

Holly

Est-ce que je pourrais l'étouffer avec un sucre d'orge ?

Je sais que ça ne serait pas hyper correct entre collègues, surtout à la veille de la fête de Noël de l'entreprise, soit le 22 décembre. Mais si quelqu'un débarque encore dans mon bureau en fredonnant *Holly Jolly Christmas* en pensant me faire plaisir, je ne réponds plus de rien. Pourquoi est-ce que les gens se sentent obligés de nous refiler leur bonne humeur à la pelle ? Je veux dire, quand j'ai envie de trucider tout le monde, je n'essaie pas de convertir tout l'étage. Alors pourquoi l'inverse serait une règle absolue ? Il faudrait que j'en parle à Becky, ma meilleure amie, elle aurait une super théorie pour ça, j'en suis sûre. Mais pour l'heure, je me contente de serrer les dents et de répondre d'un sourire crispé :

— C'est gentil Colleen, mais il n'y a pas moins de cent dix-sept personnes dans la boîte, pourquoi moi ?

Je scrute la *community manager* de la compagnie en attendant de la percer à jour.

— Ben… parce que t'es Holly, et que tu ne dis jamais « non » !

Allez, mange-toi ça, ma vieille Holly.

C'est vrai que je n'aime pas dire non, si je peux arranger mes collègues, je le fais. Mais danser sur une musique entêtante avec un attirail ridicule.

Non.

C'est trop, même pour moi.

— Comme quoi, il y a une première à tout. Merci mais, non merci Colleen, je lance en lui rendant ses oreilles de rennes.

— Mais qui est-ce que je suis censée aller voir, moi ?

En plus je vais devoir faire son job maintenant ? Colleen est *gentille*, elle est là depuis trois ou quatre mois, mais je ne sais pas exactement ce qu'elle fait ici. Elle est supposée gérer nos réseaux sociaux, cependant pour le moment je n'ai pas vu ses merveilles à l'œuvre. Alors que le gros de notre activité est maintenant.

Je veux dire, chez *Rikke Land* on est spécialisés dans la création de jeux en tous genres, pour les tout petits et les grands enfants. Alors autant dire que les fêtes de fin d'année sont pour nous une période phare.

Mais cette information semble avoir échappé au professionnalisme de la nouvelle recrue du contenu digital.

— Comme tu peux t'en rendre compte, j'ai beaucoup de travail et je n'ai pas la moindre idée de qui ferait mumuse avec toi. Désolée.

Mon ton est plus sec que je ne le voudrais, mais cette période de fêtes a le don de me mettre les nerfs en pelote. Ça ira mieux en janvier, quand les gens ne seront plus shootés au chocolat chaud, et aux essences de sapins fraîchement coupés.

— Pffff, je vais me débrouiller, me répond-elle en récupérant ses accessoires.

— Fais donc ça.

Elle secoue sa longue queue de cheval blonde en faisant demi-tour pour quitter mon bureau sans un mot de plus. Quand ma porte se referme derrière elle, je me laisse tomber dans mon fauteuil confortable et l'incline légèrement pour me détendre deux minutes.

Même le massage de mes tempes ne permet pas à mon mal de crâne de diminuer. C'est comme ça depuis trois interminables semaines. En travaillant ici depuis sept ans, j'ai appris avec le temps que de mi-septembre à fin décembre, on ne touche pas le sol. Mais le dernier mois de l'année est le pire, surtout pour ma partie. En plus de toute la surcharge de travail liée à notre activité, et notre succès en magasin, je suis la cheffe du service comptabilité. Et j'ai donc tout le bilan à préparer sur la même période.

Heureusement que j'ai une sacrée équipe avec moi, mais mon boss, Dan Rikke, tient absolument à ce que je révise les calculs de tout le monde avant qu'on ne boucle l'année. Ce qui m'irait si c'était réellement mon job, mais non, de base, je suis l'assistante de James Kore. Sauf que ce dernier est parti en vacances au mois de juillet et n'est jamais revenu malgré les appels à répétition de la compagnie. Et des miens, complètement désespérés. Il ne voulait rien savoir, il n'était pas capable de revivre une année supplémentaire à ce rythme-là.

C'est comme ça que Dan m'a promue cheffe comptable intérimaire, et au final, il n'a jamais lancé de recrutement… Et je suis toujours en poste, avec tous les avantages, salaire, bureau fermé, télétravail quand je le désire, une complémentaire en béton armé ; mais aussi tous les inconvénients. Je le réalise brutalement aujourd'hui.

Sur mon ancien poste, je faisais barrière entre James et le reste de l'équipe, ou même du personnel de manière générale. S'ils avaient une question, ça passait par moi et si je pouvais la traiter, James n'était même jamais au courant.

Mais je n'ai pas de « moi » en assistante, en réalité je n'ai personne, donc je me retrouve à tout gérer : le travail, la pression et le bureau des plaintes s'il y a la moindre erreur sur un document comptable.

Si on rajoute à ça l'ambiance festive de Noël que je déteste depuis que je suis en âge d'imposer mes choix… Autant dire que je suis à deux doigts de péter un câble et ça ne serait pas très joli à voir.

Je prends une longue inspiration tout en détaillant mon grand bureau noir, enfin celui de James. Il déborde de documents, il y a trois tasses, à moitié bues, de café ou de thé. Mon sandwich à peine entamé de ce midi est toujours là, entre l'agrafeuse et l'écran de l'ordinateur.

La seule chose qui est à moi, hormis ce bordel et mon manteau vert foncé suspendu, est ma magnifique Monstera qui trône fièrement en face de moi. Rien que de la voir, cela me met du baume au cœur. C'est ma plus belle réussite, enfin l'unique en matière de plante, puisque d'habitude elles finissent toutes par dépérir. Mais, Gigi, ma Monstera, s'est accrochée, et malgré des mois périlleux certaines années, elle est toujours là. Plus grande et verte que jamais.

Le bruit de notification de ma boîte mail me ramène dans le présent et je me reconcentre. Je mets mes lunettes avant de regarder qui m'écrit.

Grave erreur.

Je ne retiens pas un grognement de frustration pas tout à fait de ce monde. Il s'agit de Jane, la responsable des ressources humaines pour la fête de demain.

Chers tous, chères toutes,

Demain est une grande journée pour *Rikke Land*, puisque nous allons tous pouvoir célébrer une fois de plus une fin d'année réussie.

Mais avant de nous laisser emporter par l'engouement de la fête, je me dois de vous rappeler des informations importantes :

- une tenue de cocktail est exigée,
- un comportement décent est attendu de tous les employés,
- des taxis et VTC sont prévus pour tout le monde, alors pitié ne venez pas en voiture, épargnez-nous le rôle de contrôleurs à la sortie !,
- aucune drogue de quelque sorte n'est acceptée dans l'enceinte de l'entreprise,
- la fête sera contenue à l'étage 12 qui a été réaménagé pour l'occasion, les autres seront fermés jusqu'au lendemain,
- votre présence est requise à partir de 18 heures, le discours de Dan aura lieu vers 19h30 et le concert commencera aux alentours de 21 heures,
- une seule personne, en dehors du personnel de l'entreprise, peut vous accompagner à la soirée.

Il me semble ne rien avoir oublié. Nous avons tous hâte de partager ce moment de joie et de célébrations, mais d'ici demain, nous avons encore du travail à abattre alors ne lâchons rien !

Joyeux Noël, à tous et toutes, si je ne vous revois pas d'ici là.

Jane Oakie

PS : pensez à amener votre cadeau pour votre *Secret Santa*, les échanges se feront après le discours de Dan.

Ho ! Ho ! Ho !

Pourquoi est-ce que la Terre entière, non l'Univers, semble me persécuter aujourd'hui ? Je n'ai aucune envie de participer à cette fichue soirée. D'habitude j'y assistais, m'assurais d'être présente sur quelques photos, écoutais le boss parler puis je me carapatais le plus vite possible chez moi pour mâter un bon film d'horreur histoire de me laver de toute cette mièvrerie.

Mais ce n'est pas une option cette année, pour deux raisons. La première est que je suis la cheffe de mon département et que je dois faire acte de présence jusqu'à au moins 22 heures, selon Jane, et la deuxième est que quelqu'un a eu la brillante idée d'imposer un *Secret Santa* cette année. Je pense que ce génie ne s'est pas rendu compte à quel point on allait mettre trois plombes à s'échanger cent dix-sept putains de cadeaux ! Ça va être interminable.

Est-ce que je peux m'auto-étouffer avec un sucre d'orge ?

Je suis *pratiquement* persuadée qu'avec un « accident » pareil, Jane me donnerait un laissez-passer pour la soirée.

— Redescends sur Terre ma pauvre Holly, t'es bonne pour des sourires forcés et des paroles de chansons pourries pour des heures, autant t'y faire.

De découragement, je laisse mon front tomber sur mon bureau en poussant des cris d'animal agonisant.

— Euh… Holly ?

Je sursaute en me relevant vivement, un post-it collé sur le front que j'arrache rageusement. Je suis persuadée d'être écarlate, mais j'essaie de me recomposer un visage serein.

— Oui, Kate ? Qu'est-ce que je peux faire pour toi ?

J'aime bien Kate, c'est une collègue sérieuse avec qui j'apprécie sortir le soir pour boire un verre. Elle a un franc-parler et une assurance qui me plaisent beaucoup. Mais là, ses cheveux roux sont tout ébouriffés, et sa lèvre inférieure tremble légèrement. Le contraste avec son pull coloré de Noël est assez frappant.

Je me lève, inquiète.

— Kate ? j'insiste.

— Je ne parviens pas à obtenir les chiffres du service test.

Je cligne bêtement des yeux en attendant une suite qui n'arrive jamais. Je me rends compte que je ne suis pas la seule à être épuisée et je lui fais signe de s'asseoir dans le siège qui me fait face. Elle ne se fait pas prier et s'y laisse choir.

— J'ai tout essayé, être gentille, autoritaire, suppliante, drôle, je suis même descendue au sous-sol pour les récupérer en main propre puisqu'ils ne semblent pas foutus d'envoyer un mail !

Ah voilà, *ça,* c'est la Kate que je connais.

— Mais rien à faire. J'ai insisté au téléphone en demandant à parler à leur chef, Reed Ward, je ne sais pas si tu le connais ? me questionne-t-elle avant d'enchaîner sans me laisser le temps de répliquer. Et tu sais ce qu'il m'a répondu ? Rien, il a explosé de rire et m'a raccroché au nez !

L'enfoiré.

Je *connais* Reed sur le bout des doigts, c'est ma bête noire et on se voue une haine infinie. Je zieute la pile de papiers qui me juge sur mon bureau avant de planter mon regard vert dans celui, marron, de Kate.

— Ne te préoccupe plus de Reed, j'en fais mon problème.

Ou mon quatre heure, vu l'heure.

Ouais, j'ai besoin d'une distraction et un échange houleux avec Reed fera parfaitement l'affaire. Sans attendre une seconde de plus, je décroche mon téléphone et sélectionne le raccourci pour le « service abrutis », ouais j'aime renommer les choses. Ça fait partie de mes petits plaisirs.

— Service test, bureau de Reed Ward, Rita au téléphone.

— Rita, ici Holly, cheffe de la comptabilité. J'appelle juste pour prévenir que je descends pour m'entretenir avec Reed. Il a intérêt à être prêt dans cinq minutes.

— Euh… ça ne va pas être possible. Il…

— Il pourrait être mort, qu'il s'arrangerait quand même pour être là. Préviens-le, c'est tout.

Je raccroche, satisfaite et bien plus joyeuse qu'il n'y a dix minutes.

— T'es mon héroïne, me confesse Kate. Tu es une bien meilleure boss que James, il était temps que quelqu'un te le dise !

Je me gratte la gorge pour dissimuler l'émotion que me procurent ses mots. Je lui renvoie un sourire un peu maladroit et la rassure une nouvelle fois, j'obtiendrai ses documents. Avant de quitter mon service, je fais un détour par les toilettes pour me rafraîchir.

Mon tee-shirt *Captain Marvel* délavé et mon jean troué au genou ont connu des jours meilleurs, mais je n'avais pas prévu de faire de défilé de mode aujourd'hui. Tant pis, ça fera l'affaire, de toute façon, je n'ai pas d'habits de rechange. Je passe mes doigts dans mes longues boucles brunes pour leur donner une forme correcte. Car Reed attaquera sous tous les angles, il est comme ça : vicieux.

Je me souris machiavéliquement à travers le miroir. Heureusement que je suis seule, sinon on penserait que j'ai un sérieux problème. Cela me fait pouffer, je ne résiste pas à jouer le jeu jusqu'au bout et lâcher une petite phrase :

— *Game on*, Reed. *Game on*.

CHAPITRE 2

Même la musique de Noël dans l'ascenseur n'arrive pas à éteindre ma soudaine bonne humeur. Je me réjouis beaucoup trop à l'idée de ce qui va suivre. Qui n'a jamais été vivifié par une joute verbale avec un ennemi ?

En tout cas, de mon côté, dès qu'il s'agit de Reed, je suis en première ligne pour lui dire les pires crasses qui me passent par la tête.

Reed et moi sommes arrivés la même année, le même mois et le même jour. On était grosso modo destinés à devenir les meilleurs potes, se serrer les coudes en commençant dans une entreprise aussi énorme que *Rikke Land.* Mais c'était sans compter sur le caractère de merde de Reed, qui n'a rien trouvé de mieux que de critiquer le fait que j'étais venue à vélo ce jour-là. Je me souviens encore de ce qu'il m'a dit précisément :

« Qui fait encore du vélo à New York ? Tu es de province peut-être ? »

Étant une new-yorkaise pure souche, j'ai été douchée direct, voire profondément insultée. J'ai ravalé mon sourire et lui ai sorti mon plus joli majeur au vernis noir écaillé. Bizarrement il n'a pas semblé apprécier que je ne reste pas plantée là, à juste me confondre en excuses ou à rougir sur place. C'était mal me connaître.

Autant dire que notre semaine d'intégration, que nous avons faite ensemble, a été une vraie torture. Mais petit à petit, je me suis prise au jeu de nos joutes verbales cachées derrière des sourires bien hypocrites. Lorsqu'au final, on a rejoint nos services respectifs, j'ai eu un petit pincement au cœur, jusqu'à ce que je tombe sur le premier mail de ma messagerie d'entreprise. L'intitulé ne laissait pas de place au doute quant à l'expéditeur : « *Tu ne tiendras pas une journée sans moi* ».

À partir de là, on s'est jetés à corps perdu dans cette guéguerre sans fin. Bien sûr, il peut se passer de longues semaines sans qu'on ne se donne signe de vie, mais on finit toujours par se rappeler au bon souvenir de l'autre. Je crois que c'est plus fort que nous.

C'est vraiment dommage que Reed soit si détestable parce que l'emballage… Mes aïeux *l'emballage* ! Comme dirait Becky, on le croquerait par n'importe quel bout ! Sérieusement, j'ai vu très peu de mecs aussi sexy que lui, grand, brun, vraiment baraqué, des yeux noirs à se damner, et un sens du style qui me fait craquer : légèrement je m'en foutiste sur les bords. Un peu comme moi, ce n'est pas parce qu'on travaille dans une grosse compagnie que l'on vient en tailleur ou costume cravate, à l'image de beaucoup ici. Mais il a suffi qu'il ouvre la bouche pour que le mirage m'explose au visage.

Pourquoi est-ce qu'il a fallu qu'il parle ou qu'il soit si… lui ?

Je n'ai toujours pas la réponse à cette question et des fois, je me demande si on serait devenus amis aujourd'hui s'il m'avait dit « Cool ton vélo ! ». On serait peut-être même allés boire un verre et plus si affinités… Mais non, Reed Ward balance tout haut ce qui lui traverse l'esprit, que ça nous plaise ou non. Et pouf, juste comme ça, on se tire dans les pattes depuis sept longues années.

Mais ça me maintient en forme.

Le « ding » de l'ouverture des portes de l'ascenseur me fait émerger de mes souvenirs. Au niveau -3 il n'y a que des lumières artificielles qui m'agressent les yeux et je les plisse légèrement le temps de m'y habituer. Je sors la tête haute de la cabine et pousse la porte de *l'open space* du service test. Ce n'est pas parce qu'ils sont au sous-sol à cause de leurs activités que Dan allait leur imposer un truc moche. Non, avec des jeux de lumières haute technologie, on pourrait presque croire que la neige qu'on voit tomber par les fenêtres est la même qu'à mon seizième étage, mais non ce ne sont que des écrans.

Les décorations de Noël sont présentes dans toute la pièce, mélangeant le bon goût et certains plus curieux. Un sapin trône au fond avec des jouets en guise d'ornements, il n'y a que la pauvre guirlande lumineuse, qui clignote péniblement au milieu, qui est d'origine. Je le sais puisque tous les étages ont la même, normalement.

On me lance des sourires çà et là, car ils savent depuis le temps que si je descends, ce n'est pas pour apporter des muffins, ou un latte, mais bien pour me prendre le bec avec l'un de leurs boss. Je relève un peu plus le menton, me dirige droit vers la pièce du fond et ouvre la porte sans m'arrêter au comptoir de Rita qui se lève néanmoins dans une tentative désespérée de s'interposer.

Il me faut une seconde pour décrypter ce que j'ai devant moi, en tout cas c'est beaucoup de peau…

— Qu'est-ce que tu fous à moitié à poil dans ton bureau ? je balance à demi choquée, à demi intriguée je dois l'admettre.

Ouais, je m'en doutais mais bordel, l'emballage est tellement mieux sans fringues. Son dos athlétique se détourne de moi et ses pectoraux bien plus musclés me font maintenant « coucou ». J'enregistre tous ces détails mais je fais bien attention de ne pas laisser ma *poker face* se faire la malle. Jamais en présence de Reed. *Jamais.*

— Déjà, tu aurais dû frapper avant d'entrer et je t'aurais dit d'attendre deux secondes…

— Non, tu ne m'aurais pas prévenue, donc ma question reste valable puisque je l'aurais posée dans tous les cas.

Une esquisse de sourire passe brièvement sur ses lèvres pleines.

Holly 1 – Reed 0.

— Ferme cette foutue porte, Rita bave sur son clavier, dit-il le plus sérieusement du monde.

Je lève les yeux au ciel mais je fais ce qu'il me demande sans pour autant lui expliquer que, tout comme Rita, j'ai bien eu du mal à contenir mes glandes salivaires en entrant.

Je me vautre dans le petit canapé qui est encombré de plein de trucs. Plusieurs dégringolent au sol avec mon mouvement mais je ne fais rien pour les ramasser malgré le regard assassin de Reed. Je prends même mes aises.

Oups.

— Tu comptes me répondre ? Ou alors laisse-moi deviner, tu as cru m'impressionner avec ton corps et que, comme par magie je tombe amoureuse de toi ?

— Ça a marché ? rétorque-t-il, pince-sans-rire.

— Même pas en rêve, mec. Je suis vaccinée contre toi.

Avec une petite moue de bon perdant, il enfile enfin un tee-shirt, me permettant de me concentrer un peu plus de trois secondes. Je ne sais pas comment les femmes de ce service peuvent travailler. Si un homme pareil bossait à mon étage, j'aurais de gros problèmes de rendement. Mais heureusement pour moi, les charmes de Reed ne fonctionnent pas sur moi. J'ai trop vu et subi ce qui se cache sous toute cette peau dorée. C'est bien pour ça que, malgré notre rivalité, j'arrive à abattre le travail de deux personnes.

Avec une lenteur démesurée, il s'assoit sur le bord de son bureau, juste en face de moi. Si je tendais au max mon pied je pourrais toucher le sien.

Ou lui foutre un coup dans le tibia.

Les pourparlers avec moi-même sont encore en cours.

Je suis surprise de remarquer qu'il n'y a pas de décoration de Noël dans son bureau. J'aurai pensé pourtant qu'il était à fond dans tout ça, lui qui passe la journée à faire mumuse avec des jouets.

— Qu'est-ce que tu veux, Holly ?

Je claque ma langue plusieurs fois en secouant la tête, comme si je réprimandais un enfant. Je peux voir à la contraction de ses mâchoires qu'il déteste toujours autant ça.

— Moi la première…

— Tu veux vraiment jouer à ce jeu-là ?

— En même temps, c'est toi qui m'accueilles torse nu et tout transpirant, si j'en crois l'humidité qui s'installe sur ton nouveau tee-shirt, je lâche avec une moue dégoutée.

Il jette un œil à sa tenue et il voit que je dis vrai, mais il croise ses bras sur son torse, faisant bander ses biceps.

Son haut ne tiendra jamais le coup, le pauvre, les coutures crient déjà à la délivrance. Pourtant, je le regarde avec un air innocent, attendant qu'il cède, ce qu'il fait en soufflant bruyamment.

— J'étais à la salle de sport quand Rita a débarqué, paniquée, en me disant que tu descendais me botter le cul. Tu te doutes bien qu'il était hors de question que je rate ça, alors, j'ai fait aussi vite que possible.

Je le savais. Même à l'autre bout de la ville il aurait rappliqué pour qu'on se chamaille. Alors remonter un étage depuis la salle de sport de l'immeuble… Il ne peut pas s'en passer et moi non plus, si je suis tout à fait honnête.

— Bien. Mais il faut que tu arrêtes de me désirer à ce point, Reed. À force, les gens vont se rendre compte que tu es raide dingue de moi si quand je siffle, tu accours.

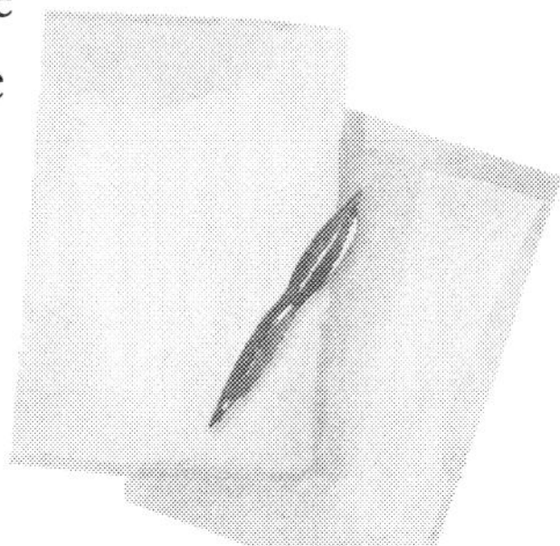

Je m'attends à une explosion de colère pour enfin vider une partie de ma frustration accumulée par les tensions du travail. Mais non, il me fait sursauter en éclatant de rire. Le genre de rire qui me secoue de la tête aux pieds et que Dan doit entendre depuis le dix-septième étage ! Comment un seul homme peut-il avoir autant de coffre ? C'est dangereux pour ses organes, non ?

— Aaaah ! Holly, tu m'avais manqué !

Je marmonne vaguement une réponse encore perturbée par sa réaction. Il faut que je me reprenne et fissa !

— Tes chiffres Reed, où sont- ils ?

Il se lève et soulève légèrement son tee-shirt, exposant ses abdominaux juste au niveau de mes yeux puis tourne sur lui-même. Il sait que je ne rate pas une miette du spectacle.

— Je ne les ai pas sur moi, comme tu peux t'en rendre compte. C'est cent dollars pour le show si tu veux que j'enlève le bas pour t'en assurer.

Je dois me sortir de ce guet-apens et très vite.

Tout en continuant d'afficher une assurance que je n'ai pas, je me lève et me plante devant lui. OK, je suis plus au niveau de sa pomme d'Adam, mais ce n'est pas de ma faute si le type fait plus de deux mètres!

Bon… Il se pourrait que j'exagère un peu.

— Je vais retourner ton service tant que je n'aurai pas ces foutus documents en main. Tu veux réellement me tenter ?

— Tu n'oserais pas, ici tu n'es personne de toute façons, ils ne t'écouteraient pas…

Mon plus beau sourire hypocrite s'étire sur mes lèvres et je lis le trouble dans son regard. S'il pense me tenir avec une répartie aussi minable, il n'est vraiment pas à la hauteur aujourd'hui.

Je lui tapote le torse avant de me détourner et d'ouvrir en grand la porte de son bureau. Je le sens dans mon dos, prêt à intervenir, mais il sait aussi qu'on a une audience, il ne peut pas faire n'importe quoi. Notre entrée ne passe pas inaperçue, et tous les regards finissent par se braquer sur nous. Je me racle la gorge pour être sûre que tout le monde m'entende.

— Je vais remonter dans mon bureau, et si d'ici une heure, je n'ai pas tous les chiffres du dernier semestre, je retiens vos paies de la semaine.

Tout à coup, la joie ou la curiosité quitte leurs traits. Ah de suite, l'ambiance petits lutins et Papa Noël se fait la malle ! Tant mieux ! À la compta, on peut se tromper d'une ligne et « oublier » pour quelques jours une personne ou un service entier. Je n'ai jamais osé le faire, mais je sais que c'est une possibilité, et que James y recourait pas mal avec les plus récalcitrants.

Les larges paumes de Reed se posent sur mes épaules pour me décaler et je me débats pour qu'il me lâche.

— Ne vous inquiétez pas, Holly n'a pas pris ses cachets, elle plaisante.

Mais quel salaud !

— Cherche-moi et ça sera deux semaines rien que pour toi, je crache, le rouge aux joues.

L'agacement le prend lui aussi, je le ressens à l'agitation de ses mains.

— Ne fais pas des menaces que tu ne peux pas mettre en action et je ne me foutrai pas de toi. Ton boss ne laisserait pas ça passer.

Et soudain, je réalise que Reed n'est peut-être tout simplement pas au courant que je suis la « nouvelle James ». Son service vit terré ici dans leurs grandes salles, à tester tous les jeux qui sortent de nos entrepôts. Ils se déplacent rarement dans les étages supérieurs.

Oh que je vais jubiler dans quelques instants ! Je sens un rire hystérique monter dans ma gorge et je ne fais rien pour le retenir.

Autant qu'ils me prennent tous pour une folle, ça les fera encore plus flipper pour la suite. Derrière Reed, je vois l'expression pour une fois grave de Rita.

Elle, elle connaît mes nouvelles fonctions.

Ça va être délicieux.

— Rita, peux-tu appeler le bureau de James, s'il te plaît ? je lui demande, tranquillement.

— Mais…

— Fais-le Rita, qu'on en finisse, l'interrompt Reed, persuadé que je vais me faire engueuler.

Mon beau, tu n'es pas au bout de tes peines.

L'assistante s'exécute, et je me dégage de la poigne de Reed pour aller jusqu'à son poste et mettre le haut-parleur. J'ai l'impression que tout *l'open space* retient son souffle durant les cinq sonneries. Puis la boîte vocale s'enclenche et je plante mon regard dans celui de Reed.

— « *Vous êtes bien sur le répondeur d'Holly Snyder, cheffe du service comptabilité, merci de me laisser un message avec vos coordonnées et je vous rappellerai dès que possible. Merci.* »

Le bip s'étire dans un silence de mort autour de moi, alors j'en profite pour abattre Reed.

— Salut Holly Snyder, c'est moi Holly Snyder ! je lance d'une voix guillerette. J'ai besoin que tu retiennes les salaires de la semaine pour le service test et deux pour Reed Ward. Merci t'es géniale, bisous et à tout de suite !

Je raccroche, fière de ma petite mise en scène, et je me rapproche de Reed pour que lui seul m'entende.

— Tu as une heure pour me donner ce que je veux, puis plus doucement j'ajoute au creux de son oreille, *Yippie-Ki-Yay Motherfucker !* [1]

Avec un sourire de grande gagnante, je le dépasse et traverse la vaste pièce dont je ne referme pas la porte. L'ambiance est beaucoup moins festive qu'à mon arrivée. Le temps que l'ascenseur ne descende, j'entends l'explosion de rage de mon ennemi.

— Putain, ! Personne n'a semblé bon de me dire qu'Holly était passée boss ? À quoi vous servez ?

C'est de bien meilleure humeur que je reviens dans mon bureau, avec le sentiment du devoir bien accompli. J'attrape un dossier sur l'énorme pile qui m'attend, motivée et prête pour une nouvelle salve.

— Allez à nous deux.

1 Référence au film Die Hard, avec Bruce Willis sorti en 1988, qui pour l'autrice est l'un des meilleurs films de Noël !

Chapitre 3

Je suis transie de froid.

Malgré mon équipement hivernal : manteau, bonnet, écharpe, gants, rien n'y fait. L'air glacial se faufile par le moindre interstice et me mord la peau. Je sautille sur place en priant pour que mon livreur soit bientôt là, comme promis. J'ai vraiment faim et il me tarde de retourner me réchauffer les fesses à l'intérieur. Le hic quand tu travailles jusque tard dans la nuit dans un immeuble immense, c'est qu'il faut commander à manger et qu'à plusieurs reprises, les livreurs n'ont pas attendu que je descende les seize étages depuis mon bureau. Pourtant, nos ascenseurs sont globalement rapides, mais tout bon new-yorkais n'a jamais une seconde à perdre.

Et ce soir, j'ai beaucoup trop les crocs pour me laisser passer ma commande sous le nez. Je rêve de manger des sushis depuis deux jours, je sais ça peut paraître bizarre d'avoir envie de manger froid en plein hiver, mais une faim subite ça ne se décide pas. On la subit justement.

Un flocon me tombe sur la joue et rageusement, je l'essuie, me collant un peu plus contre les portes. Je vérifie pour la millième fois mon portable et je grogne en voyant que le petit bonhomme n'a pas beaucoup avancé sur la carte.

Les illuminations de notre avenue me divertissent quelques secondes, certes ce n'est pas du même niveau que l'esplanade du *Rockfeller Center* [2] ou des maisons du quartier de *Dyker Heights,* [3] mais je suis forcée de reconnaître que ça a son charme.

Soudain, la porte s'ouvre à côté de moi, me faisant me redresser. Kate en sort, les traits tirés, mais malgré ça, elle me sourit.

— Tu es sûre que je peux y aller, Holly ?

Elle me répète cette même question depuis une heure, elle a l'impression de quitter en cours de route un navire en plein naufrage. Alors que si je le pouvais, je la suivrais et sans scrupule.

— Oui, va te reposer. Demain est une grosse journée et on a la fête à enchaîner !

---

2 Célèbre place new-yorkaise où un immense sapin est illuminé chaque année.

3 Quartier résidentiel de Brooklyn qui reçoit jusqu'à 100 000 visiteurs pour admirer les décorations des maisons présentes.

J'essaie de paraître de bonne humeur alors que je suis loin de l'être. Kate ne semble pas très convaincue mais aussi bien trop fatiguée pour tenter de me faire changer d'avis.

— À demain, alors. Et tente de rentrer te reposer surtout !

Ça, ce n'est pas gagné.

— Bien sûr ! Je mange un bout, clôture deux ou trois vérifications et direction mon lit !

Elle me sourit avant de se lancer sous la neige d'un pas pressé. J'ai le regard dans le vague, déjà en train de calculer tout ce qu'il me reste à faire, quand elle se retourne pour me dire :

— Au fait ! Le service test a appelé, quelqu'un te monte les documents ! Mieux vaut tard que jamais comme on dit !

Je la remercie d'un signe de la main et consulte une nouvelle fois l'heure sur mon portable : 22 heures 38.

Ce soir, quelqu'un a dû faire des heures supplémentaires dans l'équipe de Reed. Le délai que je leur avais donné est dépassé depuis très longtemps mais le plus important c'est qu'on ait les documents et qu'on puisse clôturer le bilan. Cette petite victoire me réchauffe le temps que, miraculeusement, mon livreur apparaisse. Il se gare, ouvre sa fenêtre et crie mon prénom pour s'assurer qu'il s'agit bien de moi.

Non non, je ne suis pas Holly. Je me gèle ici par pur plaisir…

— Oui, c'est moi, je réponds à la place.

— Et voilà ma bonne dame ! Et joyeuses fêtes !

— Ouais, vous aussi.

Je suis déjà en train de rebrousser chemin quand il redémarre. Grâce à mon badge et un code, je peux de nouveau entrer dans le bâtiment. L'immense hall d'accueil est sinistre sans les écrans lumineux et les nombreuses personnes qui l'animent au quotidien. Je sais que le service sécurité surveille tout de jour comme de nuit, mais je me sens très isolée. Je me hâte d'aller aux ascenseurs et j'appuie fébrilement sur le bouton d'appel.

Dans les films d'horreur, c'est souvent quand l'héroïne se retrouve seule et dans un endroit un peu sombre qu'elle se fait bêtement trucider. Nerveuse, je jette un coup d'œil par-dessus mon épaule, et c'est à ce moment précis que les portes de l'ascenseur s'ouvrent, inondant l'endroit où je me trouve d'une lumière chaude et réconfortante.

Je pousse un petit soupir de soulagement avant que mon regard ne croise celui de la personne déjà présente dans la cabine.

Merde.

Je repère la pile de documents entre ses mains et je sais exactement où il va et pourquoi.

Ma soirée vient juste de s'empirer.

— Je vais prendre le prochain, je dis d'une voix laconique.

— Aurais-tu peur de moi, Holly ?

Le timbre de Reed est plus profond que tout à l'heure. Cela doit faire un moment qu'il n'a parlé à personne. Est-ce que cet homme aurait enfin relevé ses manches et travaillé ?

Comme quoi, les miracles de Noël existent en fin de compte.

Je me sens mesquine de penser ça, une microseconde avant de chasser ce sentiment. On parle de mon ennemi juré, je peux bien être la plus mesquine du monde. J'ai gagné ce droit avec les années.

— Non, je n'ai pas peur Reed, je ne désire pas partager le même air que toi plus longtemps que nécessaire.

Il pose une main sur son cœur, comme si ma pique l'avait blessé. Et sans sommation, les portes coulissent doucement pour que la cabine puisse continuer son ascension. Je sers mon plus beau sourire d'hypocrite à Reed, qui me fixe intensément.

— Comme tu veux…, soupire-t-il.

Exactement, je décide de notre petit jeu, pas lui. Je mène aujourd'hui et je me sens en veine alors je ne vais pas tout bousiller, bêtement.

— … trouillarde !

Il ne me reste qu'un battement de paupières pour réagir, et mon corps a ce réflexe pour moi. Je glisse ma main entre les portes, les empêchant de se refermer. Elles se rouvrent rapidement, me permettant d'examiner le sourire goguenard mangeant le visage de Reed.

— Répète un peu pour voir, je le menace.

Il n'hésite pas une seconde, il va même jusqu'à se rapprocher de moi.

— Tu es une trouillarde.

Le sang pulse soudain à mes oreilles et je sais qu'il vient de remporter cette manche alors que je m'entête à ne pas vouloir bouger.

— Monte dans cette foutue cabine, Holly, finit-il par dire.

Je n'aime pas la façon qu'il a de prononcer mon prénom à tout va. Il y met une intonation qui ressemble presque à une pression. C'est bizarre à dire, mais à chaque fois qu'il le fait, je me tends.

Pour ne pas lui donner la satisfaction de complètement gérer la situation, je pose ma main à plat entre ses pectoraux et le force à reculer pour pouvoir entrer dans l'ascenseur. Il semble surpris mais se laisse faire, jusqu'à ce que je le plaque plus fort qu'il ne s'y attend contre la paroi du fond. La petite grimace qui en résulte me remplit de joie, et je m'écarte pour fixer toute mon attention sur le nombre seize encerclé de rouge sur le panneau des boutons.

Je peux le faire.

Tenir tous ces étages sans assassiner la personne avec moi. Par réflexe, je jette un coup d'œil vers la caméra à l'angle d'un mur. Ouais, je ne peux vraiment pas céder, il y aurait trop de preuves incriminantes contre moi.

J'ai du mal à contenir un petit sourire en réalisant vers où m'entraînent mes idées. J'ai toujours été créative, mais là, même pour moi je pousse le bouchon un peu loin. Même si entre Reed et moi, ce n'est pas la grande amitié, comme on peut en lire dans des centaines de romans, on se tolère. C'est déjà pas mal, et surtout il n'y a aucune intention d'homicide entre nous.

Enfin j'espère.

Par sûreté, je m'écarte un peu plus de lui comme si de rien n'était. Il vaut mieux prévenir que guérir, comme dit mon père.

Alors que l'on dépasse le douzième étage, je tends la main, paume vers le haut, dans sa direction.

— Qu'est-ce que tu attends de ma part ? me demande Reed, perdu.

— À ton avis ? je lui réponds comme s'il avait un train de retard sur notre discussion.

Et sans que je ne m'y attende, il tape dans ma main. Est-ce qu'il vient sérieusement de faire ça ?

— Un *high five* ? Sur toutes les possibilités, c'est la première qui t'a traversée l'esprit ?

Le cerveau de ce type me fascine par bien des côtés, et des fois, j'aimerais pouvoir m'y plonger. Mes journées seraient tellement plus simples…

— Les dossiers, Reed, les dossiers.

La lumière semble se faire à tous les étages mais il resserre sa prise dessus, ce qui me fait froncer les sourcils.

— Non, je dois les apporter à la cheffe du service comptabilité.

Mes aïeux, donnez-moi la force de résister à ma pulsion de lui planter mes ongles dans les yeux. Je prends une profonde inspiration pour ne pas exploser directement, car je sais que c'est ce qu'il cherche.

— Donc ils sont pour *moi.*

J'insiste bien sur ce dernier mot pour que ses neurones se remettent tous en route.

— Ça, c'est ce que tu prétends ! Un répondeur ça peut se changer, je préfère vérifier de mes propres yeux.

Agacée, je lève les bras au ciel en poussant un petit cri de frustration.

— Fais comme tu veux, mais tu perds ton temps et le mien !

Dès que les portes s'ouvrent, je me rue dehors jusqu'à l'entrée de sécurité de mon service. Je badge et pousse le lourd battant quand la petite lumière verte sur le boîtier m'indique que c'est bon. Heureusement qu'on ne doit faire ça qu'après 18 heures, le reste de la journée, on peut aller et venir comme on veut à tous les étages. Mais par sécurité, après les horaires classiques de bureau, l'immeuble se verrouille, secteur par secteur. Autant dire que sans badge, on est bloqués et on n'a qu'à prendre notre mal en patience. Au service comptabilité, Kate a tout laissé allumé : plafonniers, guirlandes lumineuses, sapin, et chants de Noël. Le contraste entre le hall d'entrée et ici est saisissant.

J'entends Reed me talonner et lorsqu'on arrive au fond de *l'open space*, j'opère un majestueux demi-tour et d'un geste de présentatrice de télé-achat, je lui indique le nom sur la porte de mon bureau.

— Tu peux me dire ce qu'il y a écrit juste ici ?

Il s'avance si près que je peux sentir son parfum, un mélange de pomme de pin et d'épices. Il soulève la couronne de Noël accrochée sur ma porte et lit :

— Holly Snyder.

— Va jusqu'au bout, je t'en prie.

Il me jette un regard en coin, ne bougeant pas sa position d'un centimètre.

— Cheffe comptabilité.

— Voilààààààà. Donc, les papiers Reed, j'insiste.

Enfin il se recule d'un pas me faisant perdre son odeur entêtante. Une petite pointe de déception se loge dans mon ventre me surprenant.

— Prouve-moi que c'est bien *ton* bureau à l'intérieur.

— T'es sérieux là ?

La question m'échappe tant je suis ébahie par sa méfiance envers moi. Je devrais être flattée qu'il pense que je pourrais mener la blague jusque-là, mais à ce stade-là, je suis juste crevée. Je veux manger et finir ce que je peux avant d'aller grappiller quelques heures de sommeil bien méritées.

Mais je connais Reed, et je sais qu'il ne lâchera pas le morceau. Alors je pose mon sac contenant mon délicieux repas sur le bureau de Kate, je pousse la porte du mien et je lui fais signe d'y entrer. Il me passe devant, le menton haut, fier de lui, mais il se fige rapidement. Je sais très bien ce qu'il remarque : Gigi.

Je l'avais dans les mains le premier jour où on s'est rencontrés, et il l'a subie toute la semaine d'intégration. Ce joli petit nom vient même de lui, il pensait que je détesterais mais, au final, j'avais adoré ! Et juste avec cette plante, il sait qu'il s'agit de *mon* bureau, de *mon* *t*erritoire.

Dans tes dents Ward !

Holly 2 – Reed 0.

Ce que j'aime cette journée !

Je le vois inspecter rapidement la pièce pour se rendre à l'évidence qu'il a eu raison de faire ce que je demandais et d'un geste agacé, il plaque les documents sur l'énorme pile qui s'y trouve déjà. Je dépose mon badge sur mon bureau, enfonçant le clou.

C'est chez moi ici.

— Tu sais quoi ? me dit-il en se retournant en souriant.

Danger.

Pourquoi est-ce qu'il est content alors que j'ai gagné ? Ça sent les ennuis à plein nez !

— Quoi ? je marmonne.

— J'ai peut-être bossé comme un malade mais j'ai fini ! Alors que tu vas trimer encore pendant des heures. Et des heures. Et. Des. Heures.

— Boucle-là, Reed si tu veux repartir d'ici entier !

La colère remplace bien vite mon inquiétude précédente et je suis si fatiguée qu'il ne faudrait pas trop qu'il me pousse.

Il me semble qu'il s'en rend compte, car il recule prudemment avec les deux mains levées. Quand il franchit le seuil, j'entends son éclat de rire et c'est plus fort que moi. Je ne résiste pas à la pulsion.

J'attrape ma boule d'élastiques et sors comme une furie à sa poursuite. Il a déjà presque fini de traverser l'espace quand j'arme mon bras et lance. Mais avant que mon projectile ne puisse atteindre sa cible, toutes les lumières se coupent d'un coup, nous plongeant dans le noir.

Mon cœur s'accélère subitement en même temps que ma panique. Même le bruit sourd et l'insulte bien sentie que lâche Reed n'arrivent pas à me calmer. Si un jour on m'avait dit qu'envoyer en pleine poire une boule d'élastiques sur Reed ne m'apporterait aucune satisfaction, je n'y aurais pas cru !

Chapitre 4

— Si c'est une blague, ce n'est pas drôle ! je crie presque en tâtonnant dans l'obscurité pour trouver un appui.

Je repère le mur menant à mon bureau et je me plaque dessus, complètement paniquée. Je n'aime pas le noir. Ça a toujours été le cas.

Ce qui est un comble pour une fan de films d'horreur bien sanglants. J'ai cru combattre le mal par le mal en me passionnant pour ce genre de cinéma, mais il faut croire que ça n'a strictement rien changé.

— Mais qu'est-ce que tu m'as jeté dessus ? s'énerve Reed, plus loin sur ma droite.

Je tourne par automatisme mon visage dans cette direction malgré le néant qui m'entoure. Je sens mes yeux grands ouverts qui essaient envers et contre tour de percer l'obscurité, et ma respiration bien trop rapide pour une situation pareille.

Je tente une, puis deux inspirations profondes qui commencent à faire leur travail, quand un gros fracas me fait sursauter violemment, ruinant tous mes efforts.

— Mais qu'est-ce que tu fous ?

Ma voix stridente n'a rien d'adulte, mais à ce stade-là je m'en fous royalement.

— Je viens de me détruire le genou contre un meuble. Heureuse ?

Le grognement qui accompagne sa question est comme un déclencheur. Un rire hystérique, d'abord discret puis rapidement hors de contrôle, me secoue. Des larmes perlent sur mes joues, mon ventre me fait un mal de chien, mais je suis en train d'évacuer toute la tension accumulée.

— Ce qui est bien avec toi, c'est que je me suis toujours senti soutenu et compris…

— Tais… toi… pitié !

Ma supplique entrecoupée de rires n'a aucun effet sur Reed. Forcément qu'il va profiter de la situation, malgré mon état nerveux catastrophique, je l'entends s'approcher de moi. Ou alors il flippe autant que moi de ce qui est en train de nous tomber dessus.

Une coupure de courant, en plein hiver à New York. Ça ressemble au début d'une mauvaise blague et pourtant…

— Tu crois que c'est à cause de la neige ? je demande quand j'arrive à reprendre un minimum le contrôle de moi-même.

— J'ai une tête à avoir un diplôme d'électricien ?

La voix chaude de Reed retentit tout à côté de moi, me faisant sursauter de plus belle.

— Tu n'as pas envie que je te dise de *quoi* tu as la tête, crois-moi…

C'est si simple de redevenir piquante quand il est proche de moi. Comme s'il dégageait une phéromone quelconque qui activait un mode chez moi : celui de la louve qui sommeille. Je me demande comment il réagirait si un jour je lui sautais dessus pour le mordre. Je dois me faire violence pour ne pas repartir dans un fou rire, je pense que mes abdominaux n'y survivraient pas.

Il y a quelque chose de très spécial qui se met en place lorsqu'on perd un des cinq sens. J'ai déjà lu ou entendu dire que les autres prenaient le relais et boostaient un peu leur capacité. Et, effectivement, mes oreilles captent le moindre petit son, comme le souffle de Reed. Ma peau, quant à elle, perçoit la chaleur qu'il dégage alors que nous ne nous touchons pas. Son parfum me vrille le nez et je ne résiste pas au fait de m'en imprégner en inspirant longuement.

— Est-ce que tu vas pleurer ou tu viens juste de me sniffer ?

Mais que quelqu'un bâillonne cet homme, à la fin !

— Il y a une odeur bizarre et je crois qu'elle émane de toi, je mens.

— Holly… Est-ce que tu supposes que j'ai pété ?

Je pince les lèvres pour ne pas craquer. Entendre le mot « péter » sortir de sa bouche alors que nous sommes plongés dans le noir est tout bonnement surréaliste.

Allez, Holly, reprends-toi bon sang !

— Je ne sais pas *Reed*, à toi de me le dire.

Il pousse un soupir à fendre l'âme et je le sens se rapprocher, son bras se colle au mien. Je suppose qu'il s'est lui aussi adossé au mur.

— Si j'avais pété, de un, je me serais excusé et de deux… tu n'aurais plus aucun doute sur l'origine de l'odeur !

La fierté qui transpire de sa voix me donne envie de le frapper.

— Je ne sais pas ce que vous avez, vous les mecs, à vous pavaner de larguer des boules puantes. Je veux dire, c'est vrai ! Il n'y a rien de fantastique à ça, ce n'est pas un don avec lequel vous naissez ou que vous pouvez perfectionner !

Il faut que je me taise. Le stress me fait dire n'importe quoi, voilà c'est ça.

— Parce que les pets des femmes sentent la rose, c'est bien connu. Non, que dis-je ! Elles ne pètent pas et ne font pas caca non plus, réplique-t-il en prenant une voix plus aiguë.

Je me tourne vers ce que j'estime être sa direction et je plante les poings sur mes hanches, la colère montant.

— Je te signale que tout ça, c'est des conneries ! On peut très bien anéantir une pièce nous aussi, simplement on accusera le chien, la litière du chat ou le mec le plus proche. Parce qu'on est intelligentes, contrairement à vous !

— Ou des menteuses, ça dépend de là où on se positionne.

Est-ce que ce serait le moment idéal pour l'assassiner ? Aucune caméra n'est active à cause de la panne, et nous sommes seuls. L'idée est sérieusement en train de mûrir dans mon esprit quand il reprend :

— Est-ce qu'on va vraiment continuer à discuter de pets, ou tu vas enfin reconnaître que tu me reniflais ?

Plutôt crever.

— Que penses-tu des hémorroïdes, pour rester dans le même secteur ?

Il ricane mais semble s'avouer vaincu et ne me relance pas. Heureusement car mes connaissances sont très limitées sur le sujet, mais ça il n'a pas besoin de le savoir.

Mes yeux ont l'air d'enfin s'adapter à l'obscurité et je commence à légèrement distinguer mon environnement. Reed est bien appuyé contre le mur si j'en crois la tache grise que j'aperçois. Tandis que je tends la main vers lui pour le toucher et lui faire peur, les lumières de *l'open space* se rallument d'un coup.

Je ferme les paupières sous l'agression et cligne bêtement des yeux pour m'acclimater. Reed, semble se reprendre plus vite que moi, puisqu'il pointe ma main de la sienne, perplexe.

— Qu'est-ce que tu comptais faire avec ça ?

— Rien, je mens une nouvelle fois en laissant retomber mon bras le long de ma cuisse.

Un demi-sourire craquant apparaît sur ses lèvres.

— Tu voulais me tripoter c'est ça ?

Je lève les yeux au ciel au point de me les luxer.

— Oui c'est ça, tu as tout compris, je lâche en m'enfuyant dans mon bureau attraper mon badge de sécurité.

En moins de dix secondes, je repasse devant lui en lui faisant signe de me suivre. Il ne se fait pas prier et m'emboîte le pas.

— Il est temps pour toi de retourner dans ta grotte d'ours mal léché, je lance par-dessus mon épaule.

— Je vais te manquer, Holly. Et tu sais que je sais que c'est la vérité.

Je mime l'action de me faire vomir pour ne rien rajouter et envenimer une fois de plus la situation. Quand j'arrive devant le boîtier de sécurité je scanne ma carte et tape le code, mais la petite loupiotte rouge ne change pas de couleur.

Oh non, il *faut* que tu passes au vert et que tu me libères de ce calvaire !

Je recommence l'opération trois fois avant de sentir la panique monter en moi.

— Besoin d'aide ? me propose-t-il en se moquant.

Je serre les dents pour me contenir, encore une fois.

— Je travaille à cet étage depuis sept ans, je crois savoir comment marche ce truc !

Nouvelle tentative qui se solde comme les précédentes : par un échec. En désespoir de cause, j'essaie d'ouvrir la porte qui ne bouge pas d'un iota. Je vais même jusqu'à la secouer durement, mais rien à faire, elle reste close.

— Tu veux pas te rendre utile et je sais pas moi, faire fonctionner tes muscles au lieu de rester là les bras ballants ! je m'agace en le fusillant du regard.

— Tu m'as dit que tu gérais, tu sais je suis féministe et je crois que vous pouvez faire tout ce que...

— Ferme-là, Reed. Sérieusement, ce n'est pas le moment. Bouge ton cul et tente d'ouvrir cette foutue porte après que j'ai badgé.

Je retente une nouvelle fois la manipulation et comme un bon petit soldat, Reed s'y essaie et échoue comme moi. Un petit pli soucieux se loge entre ses sourcils quand il me regarde de nouveau.

Eh ouais, mec. Je ne faisais pas semblant.

— Je crois qu'on est bloqués, dit-il.

— Sans déconner, Sherlock ? Heureusement que t'es là, sans ça je ne m'en serais pas rendu compte !

Agacée et légèrement en colère, je retourne au pas de course dans mon bureau et me jette sur le téléphone. Je sélectionne le raccourci pour la sécurité et le soulagement s'abat sur moi quand une voix me répond.

— Sécurité.

— Oui ! Je suis Holly Snyder, je n'arrive pas à sortir de mon étage.

— Pouvez-vous me dire à quel étage vous êtes ?

— Au seizième, la comptabilité, je souffle en m'affalant dans mon fauteuil.

— Je vais prévenir mes collègues, mais la situation est compliquée… Avec la coupure de courant, le logiciel de protection de l'immeuble a tout verrouillé et on ne parvient pas à reprendre la main.

Je n'aime pas ça, mais alors pas du tout.

— Combien de temps ? je demande d'une petite voix.

Je l'entends parler à quelqu'un d'autre et une réponse est murmurée avant qu'il ne revienne à moi.

— Plusieurs heures.

Le raz-de-marée qui s'abat sur moi est puissant et je sens mon moral flancher dangereusement. Je ne veux pas être enfermée ici, même si j'avais prévu de travailler encore quelques heures à la base.

— Est-ce que vous êtes seule, Holly ?

Pile à ce moment-là, mon regard croise celui de Reed qui s'appuie sur le chambranle de mon bureau.

— Hélas non.

Le rire du gardien me réchauffe un peu le cœur.

— Pouvez-vous me donner le nom de la personne avec vous ?

— Reed Ward, du service test, je réponds rapidement.

— Bien, je vous recontacte dès que j'en sais plus. D'ici là, tenez bon.

— Attendez ! je l'arrête. Quel est votre prénom ?

— Miles, Madame. Je m'appelle Miles.

— Je compte sur vous, Miles. Ne me laissez pas avec cet énergumène de Reed, plus longtemps que nécessaire.

— Je fais de mon mieux, rigole-t-il. Tenez bon.

Le clic me signalant que Miles a raccroché me paraît brutal. Je me demande soudainement combien de personnes sont enfermées dans l'immeuble en même temps que nous. Peut-être que nous sommes les deux seuls abrutis faisant des heures supplémentaires…

— Alors ? questionne Reed.

— *Alors* on est coincés et on doit prendre notre mal en patience. Comme dans tout bon scénario catastrophe, les machines ont pris le pouvoir et on ne peut rien y faire ! je m'énerve.

— Et en langage courant que tout le monde peut comprendre ?

Je le fusille du regard ne trouvant pas son humour agréable. Si cela m'est déjà arrivé un jour.

— Le logiciel de surveillance déconne et s'est mis en sécurité. Personne ne parvient à le rebooter, en gros c'est la merde, on est toujours coincés. C'est assez clair pour toi, là ?

— Quand tu fais des efforts pour t'exprimer comme une personne sensée, oui.

Furieuse par sa remarque, je me lève d'un bond en le pointant du doigt.

— Dégage de mon bureau ! Va te trouver un espace où tuer le temps, le service est assez grand pour ça, mais arrête de vicier mon air !

— Ne t'énerve pas comme ça, ce n'est pas bon pour ta tension artérielle…, commence-t-il.

— Dehors ! je hurle pour de bon.

Il écarquille les yeux, puis après une hésitation, recule d'un pas, puis deux et disparaît de mon champ de vision. Je suis tout essoufflée et retombe une fois de plus dans mon fauteuil. Je suis encore emmitouflée dans mes affaires d'hiver, avec tout ça j'avais complètement oublié, sauf que là je commence à crever de chaud. Je me débarrasse de tout et je prends le temps de tout suspendre soigneusement à mon portemanteau.

Au passage, je touche une des feuilles de Gigi, et un peu d'apaisement se faufile en moi. Maintenant que Reed n'est plus sur mon dos, je vais pouvoir me calmer et mettre mon temps à profit pour faire ce que j'avais initialement prévu : avancer sur le contrôle du bilan.

Une fois devant mon ordinateur et mes lunettes chaussées sur mon nez, je tends le bras pour attraper un nouveau dossier. Je réalise qu'il s'agit de celui de Reed et je m'apprête à le mettre de côté quand je me dis que s'il y a la moindre erreur, je pourrai le coincer et la résoudre avec lui.

Quelle douce façon de me venger.

Alors que j'ouvre la pochette, un petit sourire mesquin naît malgré moi.

Voyons voir si tu as bien travaillé, Reed.

Chapitre 5

Cette migraine va tout bonnement m'achever. Et pourtant, ça ne fait qu'une heure que je me suis plongée dans les chiffres du service test. Je dois reconnaître qu'ils ont fait du bon travail, contrairement à certains où je dois tout corriger derrière eux.

Là, tout est propre, et malgré une ou deux coquilles, cela me semble juste. Bien sûr, je vais me faire un malin plaisir de le faire savoir à Reed, juste les erreurs, pas le reste.

J'étire mon dos douloureux sur mon siège et enlève mes lunettes pour me frotter les yeux. Je n'ai pas revu mon colocataire imposé depuis que je l'ai chassé de mon bureau. Avec le recul, je m'en veux d'avoir réagi comme ça, mais d'un autre côté, j'étais à bout, et l'avoir dans les pattes ne m'a pas vraiment aidée.

Mais si je veux être tout à fait honnête, si j'ai réussi à travailler pendant une heure, c'est parce que je l'entends ouvrir des placards, déplacer des choses et marmonner dans sa barbe. Sans ça, je crois que j'aurais été en PLS sous mon bureau et n'aurais plus bougé, jusqu'à ce que ce Miles, de la sécurité, vienne me secourir.

Ouais, mon égo en a pris un coup.

Moi qui me pense forte et indépendante, ben je me suis auto-mise dans une situation de demoiselle en détresse ! Ma mère aurait crié si elle avait été là, elle qui dit à qui veut bien l'entendre à quel point sa fille peut tout gérer seule. Mais il faut croire que de temps en temps, aussi mature qu'on soit, la peur peut prendre le dessus.

Spoiler alert : je ne suis pas infaillible.

Et je sais que c'est OK.

Mais la pilule a mis quelques minutes à passer. Être en colère contre moi-même sur une émotion que je ne maîtrise pas serait bête, et je n'ai pas de temps à perdre avec ça. Maintenant que je suis calmée, je réalise que je vais devoir aller m'excuser auprès de Reed, chose que je n'ai jamais faite.

Il faut croire qu'aujourd'hui est un jour de grandes premières. D'ici quelques années, peut-être que je raconterai l'anecdote en rigolant, mais tout de suite, j'ai dû mal à percevoir la trace d'humour dans toutes ces péripéties.

Alors que je suis complètement perdue dans mes réflexions, mon estomac décide que c'est le bon moment pour crier famine. Le gargouillis qui résonne dans la pièce me fait pouffer. Je pose une main dessus comme pour tenter de l'apaiser et soudain je réalise.

— Mes sushis !

Comment est-ce que j'ai pu oublier qu'initialement, si j'étais dehors à geler sur place, c'était pour récupérer mon repas ! Je fouille du regard mon bureau et je ne vois nulle part le sachet marron contenant ma nourriture. Puis l'épiphanie me frappe :

J'ai laissé mes sushis sur la table de Kate. Avec Reed. Il y a une heure.

L'horreur me saisit, le côté *drama queen* en moi prend le dessus. S'il a osé manger mon repas, je vais le trucider sur place ! Et en même temps, vu mon comportement de tout à l'heure, si les rôles étaient inversés c'est *exactement* ce que j'aurais fait pour me venger. Mais il est hors de question que je me rabatte sur le distributeur de l'étage, je n'en avais pas envie en début de soirée, et j'en ai encore *moins envie* maintenant.

Je saute de mon fauteuil et alors que je vais pour sortir de mon bureau comme une furie, je percute un mur.

Le crac que produit mon nez ne me dit rien qui vaille et la douleur m'aveugle un instant. Je me sens partir en arrière puis deux mains me stabilisent.

Depuis quand les murs ont des bras ? je me demande.

Je porte mes doigts à mon nez douloureux quand je sens un liquide poisseux se déposer dessus. Pitié, faîtes que ça ne soit pas du sang, pitié, pitié, pitié. En dehors des films d'horreur, je ne supporte pas la vue de ce liquide carmin, je tourne de l'œil à chaque fois.

Malgré la douleur, j'ouvre mes paupières et ce que je craignais est bel et bien là. Mes doigts sont teintés de rouge et je peux sentir le goût de fer dans ma bouche. Je perçois les picotements dans mes jambes, signe annonciateur que je vais perdre connaissance. Et juste avant que ça n'arrive, je fais le focus sur le mur qui est en réalité Reed, il semble pâle et inquiet. Je vois ses lèvres bouger, cependant mes oreilles semblent avoir momentanément perdu la faculté d'entendre.

Les étoiles de plus en plus nombreuses dansent devant mes yeux et, alors que je me sens flancher, l'audition me revient brièvement pour percevoir un élégant :

— Putain de merde !

Après, c'est le trou noir.

❄ ❄ ❄

Aaaah le sable chaud, un transat, un bon cocktail dans ma main, le bruit des vagues en fond, et un massage du crâne. Elle est pas belle la vie ?

Pour ne rien gâcher, mon masseur ressemble fortement à s'y méprendre à Brad Pitt à l'époque du film *Troie*. Autant dire que je ne vais pas me plaindre, même si sa pression n'est pas parfaite. Ses doigts descendent sur mon nez, ce que je trouve très curieux, mais je le laisse faire. Par contre, quand il tente de m'étouffer avec une serviette humide, je ne suis pas tout à fait d'accord. Alors je me débats de toutes mes forces et dans un sursaut d'énergie, j'arrive à me libérer de sa prise et me relever.

La fin de mon rêve, ou cauchemar, ça dépend du point de vue, se termine lorsque mon front rencontre un obstacle dur.

— Aïe ! je lâche en me rallongeant.

— Je te jure Holly, si tu ne restes pas tranquille deux secondes, je me couche sur toi pour t'immobiliser.

La voie de Reed finit de me ramener à la réalité et tout me revient en mémoire d'un seul coup. Je le fusille du regard et ce malgré mon mal de front et de nez.

— Si t'as bouffé mes sushis, j'irai les récupérer en plongeant ma main dans ta gorge, je le préviens.

— Bon déjà je suis rassuré ta mémoire semble fonctionner, tes menaces à deux balles aussi. Mon diagnostic est que tu vas avoir une bosse, et que ton nez n'est pas cassé.

Je détaille son visage et je remarque une auréole rosée sous son œil droit, qui fonce de seconde en seconde.

— Qu'est-ce que tu as fait, là ? je grogne en appuyant sur la zone concernée.

Il se recule vivement avec une insulte bien sentie avant de me répondre.

— Le boulet de canon qu'est ton crâne est entré en collision avec ma pommette.

Alors certes, je viens de faire un malaise et j'ai survécu à l'attaque d'un masseur fou, mais tout ça s'envole quand ses mots prennent sens.

— C'est moi, qui t'ai fait ça ?

La joie est perceptible dans mon ton et il lève les yeux au ciel.

— Ouais, mais ne te réjouis pas trop vite, mon torse à fait bien pire à ton nez.

Par réflexe, je porte la main à mon visage et le palpe doucement. Après une dizaine de grimaces, je trouve le courage de demander :

— C'est si terrible ?

Il prend le temps de la réflexion et ses yeux noirs m'hypnotisent tandis qu'il semble sonder mes traits pour les graver dans sa mémoire.

— Tu as déjà eu l'air pire, comme cette fois où tu as été malade après avoir mangé des mauvais fruits de mer au séminaire d'entreprise, il y a deux ans…

Le souvenir fugace qui me traverse l'esprit est douloureux. Je me rappelle avoir été malade pendant deux jours et je ressemblais à un zombie à un stade très critique.

— … Ou quand tu avais pris une cuite monumentale en semaine avec Dan et James et qu'il a fallu assumer le lendemain…

Je fronce les sourcils, j'ai juste demandé si actuellement je ressemblais à une épave, je n'ai pas réclamé un exposé de toutes les fois où c'est arrivé.

— … Non, je sais, tu vois cette journée où…

— Ça va ! je le coupe, irritée. Pas besoin de me sortir mon top dix, je vois le dessin. Je ne ressemble à rien, je me vexe.

Qu'est-ce qui m'a pris de penser que Reed aurait pu se montrer un tout petit peu gentil avec moi ? Ça ne fait pas partie de son répertoire, du moins pas avec ma petite personne.

En boudant, je prends conscience de notre position. Je suis allongée sur le sol de mon bureau, quelque chose de moelleux sous la tête et Reed se tient assis à mes côtés.

— Je suis restée longtemps dans les vapes ?

— Moins de deux minutes mais ça m'a paru une éternité. Je me suis demandé ce que je devais faire de toi, vu que les secours ne peuvent pas venir jusqu'à nous.

— Et au lieu de me laisser moisir seule ici, tu as pris soin de moi ?

Le côté interrogatif de ma question ne nous échappe pas. Alors qu'il pourrait rebondir dessus et lancer un nouveau débat enflammé, il décide au contraire de se refermer et de se lever. Déjà que Reed est grand en temps normal, mais là, pendant que je suis couchée à ses pieds, il est immense.

— Tu sais Holly, je ne suis pas le monstre que tu imagines.

Prise de court, je ne sais pas quoi répondre à ça. C'est vrai que je n'ai que de bons retours des autres membres de l'équipe de *Rikke Land*, concernant Reed. Mais on se fait tellement vivre un enfer mutuel, situation qu'il a initiée, que j'ai du mal à l'imaginer autrement.

Comprenant que je n'ai aucune répartie bien sentie, il me tend une main que j'accepte avec plaisir et il me relève d'un geste souple.

— Tu devrais aller te débarbouiller, ça te fera du bien, me conseille-t-il en quittant mon bureau.

Toujours aussi muette, une pointe de culpabilité se loge dans mon estomac. Il a pris soin de moi et je n'ai même pas pensé à le remercier. Alors que je m'apprête à le suivre pour le faire, je remarque sur le sol la « chose moelleuse » qui soutenait ma tête. Il s'agit d'un magnifique coussin vert avec une Monstera imprimée dessus. Tout à fait le genre que j'adorerais avoir. Je me penche pour le ramasser, et lorsque je repère la marque sur l'étiquette, je ne peux retenir un petit sifflement.

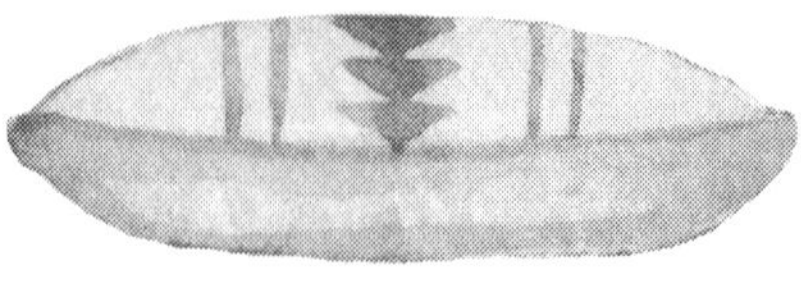

Il y a quelqu'un à l'étage qui s'est fait plaisir, car dans cette boutique rien n'est en dessous de cent dollars. Et j'ai beau le trouver sublime, je ne dépenserais pas cette somme pour lui.

Aussi canon soit-il.

Je le repose délicatement sur le meuble à côté de ma porte et sors prudemment de mon bureau. Reed n'est nulle part en vue, alors j'en profite pour longer les murs et me faire aussi discrète que possible. Ce qui n'est pas facile tant il y a de lumières. Je remarque que les chants de Noël se sont tus.

Merci pour ça !

Je cours presque sur les derniers mètres et lorsque la porte des toilettes se referme derrière moi, cela me rassure. J'évite le grand miroir au-dessus des lavabos et fonce vers les cabines abritant les W.-C.. Je m'enferme dans la première et laisse mes nerfs évacuer tout ce qui vient de se passer. Je ne comprends pas très bien la crise de larmes qui me secoue, et je ne suis pas sûre qu'il y ait une raison en particulier.

La journée a été riche en émotions, la soirée encore plus, et je crois que de manière générale ce dernier trimestre m'a mise sur les rotules.

Quand j'ai enfin la force de sortir de ma cachette, je me sens un peu mieux. Vidée mais étrangement plus légère. Je me nettoie consciencieusement les mains pour enlever la moindre tache de sang. Lorsque je suis satisfaite du résultat, je m'accroche au bord de la vasque et lève les yeux.

L'image que me renvoie mon reflet n'est pas aussi catastrophique que ce que j'avais imaginé. Reed a raison, j'ai déjà connu pire. Mon nez est légèrement enflé, tout comme mes paupières maintenant, mon front laisse pointer le début d'une bosse et j'ai du sang séché sur le menton et mon tee-shirt *Captain Marvel*.

Vivement que cette année se finisse, je n'en peux plus.

Avec un tissu mouillé, je me débarrasse des dernières salissures sur mon visage. Pour ce qui est du reste, je ne peux pas faire grand-chose, mais je vais avoir l'air fraîche sur les photos de la fête, demain soir. Il va falloir que je demande à Becky de passer ici, pour tenter de camoufler tout ça. L'avantage d'avoir une meilleure amie maquilleuse à Broadway, c'est qu'elle peut faire des miracles. Et là, il est indispensable qu'elle se surpasse.

Je sais que je prends beaucoup plus de temps que nécessaire pour me nettoyer, et que je tente d'éviter l'inéluctable. Mais je ne sais pas pourquoi tout à coup j'appréhende de me retrouver seule avec Reed.

L'expression quand il m'a confessé ne pas être un monstre était unique en son genre. Je ne l'avais jamais vu l'arborer. Et ça me titille autant que ça m'angoisse. J'étais persuadée d'avoir décodé Reed Ward, mais il faut croire que je me trompais.

— Allez ma grande, il faut y aller, je me motive à travers le miroir.

Je sors des toilettes tant que j'en ai le courage et la première chose que je remarque est que toutes les lumières ne sont plus allumées. Au contraire, il ne reste plus que les individuelles des bureaux, certaines guirlandes lumineuses et le sapin dans un coin. Cela donne une ambiance beaucoup plus chaleureuse. La seconde différence est que les panneaux occultants devant les fenêtres sont levés et que, de là où je me tiens, je découvre un panorama sur la neige tombant sur New York.

C'est sublime.

Une pure merveille.

J'entends la voix de Reed provenir de mon bureau, et je m'en approche, le cœur tambourinant de plus en plus fort. Quand j'arrive devant ma porte, il raccroche au même instant.

— C'était le mec de la sécurité, un informaticien a réussi à entrer dans le logiciel, mais ça va lui prendre encore une ou deux heures pour nous sortir de là…

Ce qu'il me raconte n'a bizarrement aucune importance pour moi, à cet instant. Comme si tout s'imbriquait parfaitement dans mes pensées, pour la première fois depuis longtemps.

— C'est toi qui as fait ça ? je souffle en pointant par-dessus mon épaule *l'open space.*

Comme s'il percevait mon émotion, tout son corps semble se détendre et avec une sincérité qui m'est familière, il me répond d'un seul mot :

— Oui.

Chapitre 6

Reed

Pourquoi son regard me perturbe-t-il autant ?

Certes ce n'est pas nouveau, mais à ce moment précis, ma gorge se serre, en apercevant la multitude d'émotions qui le traverse. Holly a toujours été persuadée de réussir à me cacher ses émotions, et je n'ai jamais eu le cœur à lui avouer que je lis en elle, comme dans un livre ouvert.

Quand elle va lâcher une *punchline* qui va me mettre au sol, le coin droit de sa bouche se pince, elle fronce le nez avant de me mentir, elle tripote ses cheveux quand elle se retient de balancer une saleté. Et la plus évidente de toutes, le plissement de ses yeux quand elle est déçue… J'ai son répertoire à mimiques gravé dans mon cerveau.

Depuis sept ans.

Sept longues années à tomber amoureux d'elle, un peu plus chaque jour, et n'ayant pas le courage de me jeter à l'eau. Jusqu'à il y a peu…

— Pourquoi ?

Sa question me prend de court, qu'est-ce que je suis censé répondre à ça ?

Parce que tu mérites le meilleur ? Non, elle va s'enfuir en courant.

Parce que je ferai tout pour que tu me souris encore une fois ? C'est pire, elle pourrait m'attaquer physiquement en représailles.

Parce que ? Elle insisterait jusqu'à ce que je craque, et mes nerfs sont déjà mis à rude épreuve ce soir.

Parce que je t'aime ? Bordel, ça serait le pire de tous.

Ne sachant pas quelle attitude adopter, je me contente de hausser une épaule. Voilà, neutre et simple. Holly ne peut rien redire face à un geste aussi universel que celui-là.

Et pourtant. Le plissement de ses beaux yeux verts m'en dit beaucoup plus que tous les mots qu'elle aurait pu ajouter.

Elle est déçue.

Voilà pourquoi je n'ai jamais osé faire le premier pas avec Holly. Elle a toujours la réaction inverse à laquelle je m'attends. Quand j'essaie des compliments, elle me saute à la gorge ; quand je la taquine, elle peut démarrer au quart de tour ; et quand je suis de mauvaise

humeur… Alors là ! C'est le grand n'importe quoi entre nous.

Tout ça parce que je n'ai pas su comment me comporter la première minute où je l'ai vue. Elle a débarqué dans le hall, avec un jean, des converses et un haut Bob l'Éponge. Mais ce n'était pas le célèbre personnage jaune dessus, non il s'agissait de Carlo, avec en-dessous la phrase « *I wish you a shi**y day !* »

Et sur l'instant même, j'ai été comme frappé par la foudre, j'ai su que devant moi se tenait la femme de ma vie. Débarquer pour son premier jour de travail avec un tee-shirt pareil et une immonde plante sous le bras, c'était forcément un signe du destin. Et puis ce sourire… Elle illuminait le hall, c'est aussi simple que ça.

Alors, en grand courageux que j'étais, j'ai paniqué. Et j'ai dit la première chose qui m'est passée par l'esprit : j'ai remarqué qu'elle avait un casque de vélo, et ma bouche a fait le reste.

Et sur ce mauvais démarrage, j'ai ruiné toutes mes chances avec Holly Snyder. Alors au lieu de devenir de parfaits étrangers l'un pour l'autre, j'ai préféré qu'on continue cette guéguerre puérile. Je n'aurais pas pu supporter de la croiser dans les couloirs sans entendre sa voix, ou voir ses joues se rosir sous le coup de l'émotion.

Ouais, je suis sacrément pathétique, mais j'ai fait avec les moyens du bord. Puis, ça a été plus simple de rester dans ce statu quo que de prendre le risque d'être rejeté.

Mais tout change ce mois-ci.

Enfin c'est ce que j'avais planifié, mais ça aussi ça a foiré, il semblerait.

Mec, arrête de te trouver des excuses, t'es juste mort de trouille !

J'ai prévu d'être honnête avec elle, et ce n'est pas parce que ce n'est pas aussi romantique que dans mes plans, que je dois rebrousser chemin. Je l'ai fait un nombre incalculable de fois par le passé, et je ne veux plus. J'ai besoin de savoir, après tout ce temps, si Holly tient à moi autant que je tiens à elle.

Je prends une grande inspiration, toujours sous le regard perçant d'Holly et j'essaie de reprendre le fil de ce que j'avais prévu de faire, *avant* qu'elle ne s'explose le nez contre moi.

— Tu as faim ?

— Euh, oui, me répond-elle en haussant les sourcils. T'as mangé mes sushis et tu vas me tendre la boîte vide, c'est ça ?

Ah, la suspicion d'Holly, une des choses que j'aime le plus chez elle. Elle a toujours des hypothèses assez drôles et souvent à côté de la plaque.

— Viens, je lui dis en passant à côté d'elle pour sortir de la pièce.

Je l'entends me suivre dans l'ambiance feutrée du service comptabilité, que j'ai pour l'occasion quelque peu modifié. Au détour du dernier bloc de bureaux, ma surprise apparaît, juste au pied du sapin lumineux.

Dans mon dos, je perçois le hoquet de stupeur de Holly et mon appréhension monte d'un cran. Soit elle va aimer, soit elle va détester et me chambrer pour le reste de ma vie. Et encore après, elle en serait capable.

Du coin de l'œil, je la distingue se positionner à mes côtés, la main devant la bouche et le regard planté sur le coin à pique-nique, que j'ai créé pour l'occasion. Il y a une jolie couverture verte et noire, des coussins, du chocolat, des assiettes et au centre, ses sushis installés. Il manque pas mal d'éléments mais je n'ai pas réussi à tout retrouver…

Je serre les poings avant de me tourner dans sa direction, plus ou moins prêt à encaisser ce qu'elle aura à me dire. Elle met un temps infini à poser son regard sur moi, et la première chose que j'y remarque sont les larmes dans ses yeux. Mais le doux sourire qu'elle m'offre en même temps me rassure.

Elle est heureuse.

Un bon point pour moi.

— Tu… Tu as réussi à monter tout ça de toutes pièces en étant enfermé ici ?

L'heure de vérité a sonné. Sans lui répondre, je lui tends une main légèrement tremblante, qu'elle accepte après une toute petite hésitation. Ses doigts sont chauds dans les miens et mon cœur rate un battement à ce contact.

Elle me suit jusqu'à la couverture où l'on se sépare, pour s'asseoir l'un en face de l'autre sur les coussins. Immédiatement, sa peau me manque, mais l'espoir naît en moi que peut-être ça ne sera pas la dernière fois que ce geste entre nous existe.

Holly est bien silencieuse, elle caresse les tissus, touche les assiettes mais évite mon regard. Elle semble, à sa façon, me laisser le temps de trouver le courage de répondre à sa question. Je crois que je ne serais jamais sûr de moi à cent pour cent alors, il est temps de sauter dans le grand bain. Je me racle la gorge attirant son attention et le stress me ronge le ventre.

Pourtant je ne recule pas.

— Tu as, je suppose, entendu parler du *Secret Santa*, de la boîte ?

— Oui, encore une brillante idée, d'un illustre…

— C'était de moi, je la coupe avant qu'elle ne puisse m'insulter.

Elle referme aussitôt la bouche et le rouge lui monte aux joues, avant qu'elle ne passe une mèche de cheveux derrière son oreille. Ouais, j'ai bien fait de l'arrêter…

— J'ai supplié Dan de le mettre en place pendant des mois. Il ne voulait rien entendre, il me disait que ça serait une perte de temps… Mais je n'ai rien lâché. Et quand il a enfin abdiqué, j'ai insisté pour choisir la personne à qui j'offrirai mon cadeau.

L'intensité que je mets dans mon regard lui fait comprendre les mots que je tais.

— Moi ? dit-elle pour demander confirmation.

Je me contente de hocher la tête.

— Oh Mon Dieu ! Qu'est-ce que tu as prévu de m'offrir demain soir ? Un truc qui va me coller une honte éternelle devant tous nos collègues ?

J'étais plus ou moins certain qu'elle partirait dans cette direction, parce qu'elle n'a pas eu tous les autres cadeaux…

— Non. Rien de tout ça. Je comptais *être* ton cadeau.

Son éclat de rire est prévisible, mais il n'en reste pas moins difficile à avaler.

— Tu voulais que je te ramène à la maison et que je te pose sur une de mes étagères ? lance-t-elle en rigolant.

— Quelque chose comme ça, je marmonne.

Voilà qui a le don de l'intriguer et de stopper ses moqueries. Nerveux, je m'essuie les paumes de mains sur mon jean.

— Tu as dû noter que je ne savais pas que tu avais été promue…

La plus grosse erreur de mon plan génial vient de là. Une simple vérification que j'aurais dû faire, mais j'étais persuadé que j'en aurais entendu parler, s'il y avait eu le moindre changement. J'ai été trop sûr de moi et concentré sur d'autres aspects.

— Ouais, James a déserté du jour au lendemain et j'ai un peu pris la relève au pied levé. Ce n'était pas vraiment à l'ordre du jour de base. Mais qu'est-ce que ça vient faire avec le *Secret Santa*, et tout ça ? demande-t-elle en désignant tout ce qui se trouve entre nous.

Et encore il en manque, un paquet.

— J'y viens, je murmure en me massant la nuque. Le rapport entre tout ça, est que j'ai fait apporter à ton ancien bureau un cadeau par jour, depuis le 1er décembre.

Par automatisme, elle regarde dans la direction de son ancien poste de travail, même si elle ne peut pas le voir de là où nous nous tenons.

— Je ne comprends pas…

Forcément. Le seul jour où j'aurai besoin de sa vivacité d'esprit, c'est celui où elle lui fait défaut. Il faut dire que je suis loin d'être clair, tout est embrouillé. C'est un enfer.

— Dans mon plan initial, tu devais recevoir un présent par jour, jusqu'à ce que demain soir, tu apprennes que c'était moi, qui t'avait offert tout ça. Et à ce stade-là, tu aurais dû comprendre.

Elle hoche la tête, mais je ne suis pas pour autant certain qu'elle saisisse pleinement, là où je veux en venir.

— Dans tout ce que j'ai fait livrer, il y avait entre autres les affaires que tu vois là, mais aussi des verres en cristal, du champagne, un panier en osier, une invitation pour aller pique-niquer au centre botanique de New York,…

Au fur et à mesure de mes explications, les couleurs quittent le visage d'Holly. Il faut dire que normalement, elle aurait dû avoir vingt jours pour s'adapter, et pas tout prendre de plein fouet en une seule fois.

Je prépare ça depuis des mois, et j'y ai mis toutes mes tripes, cela peut faire légèrement peur, je suppose.

— Et donc… la finalité de tout ça était que l'on pique-nique ensemble, dans l'un des lieux les plus magnifiques de New York ?

— Oui.

Pitié, Holly, décode ce que j'essaie de te dire.

— J'ai besoin de manger ! lâche-t-elle sorti de nulle part.

Je hausse les sourcils, surpris de la voir se jeter sur son repas, comme si elle n'avait pas vu de nourriture depuis des mois. Elle enfourne trois ou quatre makis, gonflant ses joues au maximum et mâche en me fixant. Sans rien dire.

Bonjour le malaise.

Je n'ose plus prononcer un mot, et presque pas respirer.

Je joue gros ce soir, et peut-être que ce n'est pas le cas pour elle, mais moi… Je mets mes sentiments à ses pieds.

Ce manège dure bien cinq longues minutes, où elle prend le temps de mastiquer ses sushis, les uns à la suite des autres.

Heureusement que je n'ai pas faim, j'ai l'estomac trop noué pour ça, sinon j'aurai dû me battre pour espérer en grappiller un.

Quand enfin, elle arrive au bout de son plateau, elle ouvre la bouteille d'eau à côté d'elle et la vide presque d'une traite.

— Est-ce que c'est une blague de mauvais goût ? Je veux dire, quand je te regarde, je ne vois que de la sincérité, de la nervosité et une pointe de « qu'est-ce que je fous là ». Mais je sais aussi que tu es fort à ce jeu, et que tu pourrais me berner pour passer le temps…

Je décide de ne pas retenir la fin de phrase et je me concentre sur le plus important. Elle aussi connaît mes émotions par cœur, puisque c'est *exactement* comme ça que je sens. Mon cœur se réchauffe, grâce à cette information.

Peut-être que tout n'est pas joué d'avance, en fin de compte. Il y a de l'espoir pour moi, pour nous deux.

— Non, ce n'est pas une blague. Loin de là.

— Alors si je n'ai pas reçu tes cadeaux, comment se fait-il qu'ils soient là, du moins en partie ?

Ah une réponse facile et neutre. J'aime ça !

— Quand tu m'as foutu hors de ton bureau, j'ai fouiné par-ci par-là à l'étage. Et la première chose sur laquelle je suis tombé, est l'un des coussins que je t'ai achetés, puis un peu plus loin, j'ai vu la couverture pliée sur un des fauteuils du coin pause. Alors après j'ai ouvert chaque placard ou tiroir à la recherche du reste… Tes collègues se sont pas mal servis, crois-moi.

Elle semble vraiment choquée par ce que je lui raconte, je n'ai pas envie qu'elle soit en colère contre eux. Après tout, j'aurais dû vérifier avant de faire livrer.

— Les colis n'avaient pas de nom, le mec devait les déposer sur ton bureau, que j'avais marqué sur un plan de l'étage. C'était tout.

— Mon bureau est vide depuis cet été. Je suppose qu'en les voyant non réclamés, mes collègues leur ont trouvé un autre usage…

— Ouais, je grimace.

Même si la somme d'argent dépensée ne rentre pas en compte dans l'équation, c'est le principe qui me reste en travers de la gorge. Ils se sont mis entre Holly et moi avec leurs agissements.

— Et donc, tu as fait tout ça pour… ?

Question beaucoup, *beaucoup*, moins simple que la précédente. Je sens au plus profond de mon être que c'est le moment. Et même si je nous imaginais dans un cadre beaucoup plus romantique, au jardin botanique, je ne veux plus perdre une seconde avec elle.

— Parce que j'aimerais vraiment beaucoup que tu me donnes une chance, genre une vraie…

Je sors ça dans un souffle, si vite que j'ai un doute horrible qu'elle m'ait entendu.

À sa façon de se figer, je comprends qu'elle a très bien entendu. Puis alors que le trac est en train de me ronger les nerfs à feu vif, le plus adorable des sourires en coin apparaît sur ses traits.

— Quoi ? je demande, au comble du stress.

— Tu sais ce que m'a dit ma mère quand je lui ai parlé de toi, il y a des années ?

Oh merde.

Je crains le pire, alors je secoue juste la tête.

— Que plus le petit garçon tirait sur la couette de la petite fille, et plus fort était son attachement pour elle.

Je reste stoïque en digérant ses paroles. Certes, sa mère n'avait pas tort, mais est-ce qu'Holly a joué le jeu en sachant que, peut-être, j'avais des sentiments pour elle ?

— Et la petite fille jetait des cailloux sur le petit garçon pour lui montrer *son* attachement ? je dis doucement.

— Peut-être bien, oui.

Que le Monde s'arrête de tourner, car mon cerveau n'est plus capable d'enregistrer quoi que ce soit ! Ce moment est bien trop parfait pour être réel, et j'ai besoin d'un temps d'adaptation pour réaliser ce qu'il se passe. J'ai attendu sept ans pour ces mots !

Et sans que je ne puisse réagir ou me préparer, Holly se jette sur moi, crochète ses bras sur ma nuque et plaque ses lèvres sur les miennes. Je l'entoure de mon étreinte, la stabilisant, et même si ce baiser ne dure qu'un instant, il est spontané, et plein de joie. À l'image de ce qu'on partage.

Presque malgré moi, un rire secoue ma poitrine alors qu'elle se recule légèrement. Elle se joint à moi, et lorsque notre euphorie redescend, elle me murmure un :

— Tu en as mis du temps quand même…

— Je suis un peu long à la détente tu sais, je riposte.

— Par pour tout j'espère, répond-elle du tac au tac.

Avoir Holly dans mes bras, plaquée contre mon corps et le soulagement s'écrasant par vagues en moi, me fait griller les quelques neurones qui fonctionnaient encore.

Je la retourne et l'étends sur la couverture, renversant plusieurs objets au passage, et je l'embrasse comme j'en rêve depuis longtemps. Trop longtemps.

La passion qui nous unie est bouillonnante, un brasier d'une rare intensité, qui je le sais, ne s'éteindra pas de sitôt, voire jamais. On se sépare, complètement à bout de souffle alors que j'ai envie de poser mon front sur le sien, je me rappelle sa bosse. Je m'arrête juste à temps et la détaille, avec son nez un peu gonflé et son front marqué. Et pourtant, elle reste sublime, comme si elle avait le super pouvoir de lire dans mes pensées, elle me caresse délicatement la nuque, m'apaisant.

— Ça, c'est un premier baiser, je chuchote contre ses lèvres.

— Le mien était adorable, reconnaît-le.

— C'est vrai.

On se dévore des yeux, dans cette bulle irréelle, entre l'ambiance feutrée, la neige qui continue de tomber et les décorations de Noël qui clignotent dans un coin.

— Il y a quelqu'un ? lance un homme.

On se regarde, surpris, avant d'essayer de se relever en même temps, mais s'emmêlant plus qu'autre chose. On y parvient tant bien que mal et c'est tout débraillés, qu'on découvre à

qui appartient la voix. À son uniforme, il fait partie de l'équipe de sécurité.

— Je suis Miles, on s'est parlé plus tôt, je suis venu vous libérer, j'ai cru comprendre que c'était urgent. Mais j'ai dû mal interpréter la situation…

Son ton laisse sous-entendre quelque chose que je ne saisis pas, mais Holly pouffe avant de se diriger vers lui. Je jette un regard teinté de regret à cet endroit, qui aura été le témoin de ce que j'espère être le premier jour de ma relation avec Holly, puis je la suis. Elle s'arrête récupérer ses affaires dans son bureau et c'est tous les trois que nous descendons les étages jusqu'au hall d'accueil. Pas un mot n'est échangé entre Holly et moi, mais nos regards en valent mille. Pourtant, quand les portes s'ouvrent et qu'elle sort, mon cœur se serre. Je dois faire un crochet par mon propre bureau pour récupérer mes propres affaires.

Voyant que je ne la suis pas, elle se retourne, surprise.

— Tu ne viens pas ?

— Je ne peux pas partir comme ça, je lui explique en désignant mon jean et tee-shirt.

Elle semble déçue, mais hoche la tête et me fait un petit signe de la main, avant de partir en compagnie de Miles.

Il me faut moins de cinq minutes pour descendre, récupérer tout ce dont j'ai besoin, et remonter. Pourtant quand j'arrive dans le hall, désert à cette heure-ci, Holly n'est nulle part en vue.

Une part de moi avait espéré la trouver là, à m'attendre, mais il est tard et elle a dû vouloir rentrer chez elle.

Malgré la déception qui m'étreint la poitrine, je badge à la porte principale et sors dans le froid glacial de cette nuit d'hiver. Les flocons tombent en grosse quantité et je lève le visage vers eux, accueillant avec gratitude leur fraîcheur sur ma peau. Après tout, cela reste quand même une grande étape pour moi, j'ai avoué à Holly que je voulais d'elle dans ma vie, et elle ne m'a pas repoussé !

— Il faut ouvrir la bouche dans les vraies règles.

Surpris, je me tourne vers la voix pour y trouver Holly, qui s'avance prudemment dans ma direction. Elle disparaît presque derrière son attirail, et son nez est déjà tout rouge.

Cette femme est d'une beauté ahurissante.

— Je pensais que tu étais déjà partie, je lui avoue.

— J'ai envie d'un bon chocolat chaud, et il y a un *diner*, ouvert toute la nuit, à deux pâtés de maisons, qui en sert des succulents. Je me demandais si tu avais envie de m'y accompagner ?

Noël se fête, avec quelques jours d'avance, pour moi il semblerait. Les miracles se sont enchaînés, les uns après les autres, et il s'avère que ce n'est pas fini.

— J'adorerais.

Elle me sourit et se détourne, pour faire quelques pas avant de s'arrêter, me regarder par-dessus son épaule, et finalement me tendre la main.

Je n'hésite pas une seule seconde à refermer la mienne sur la sienne. Et c'est l'un contre l'autre que l'on part dans la nuit neigeuse.

UN PETIT MOT JUSTE POUR TOI

Et voilà, c'est déjà fini ! Je voulais prendre le temps de te remercier de me soutenir, encore et toujours pour certains, dans cette folle épopée qu'est l'écriture. Mais ce que tu ne sais peut-être pas c'est que tu peux encore plus m'aider en mettant quelques étoiles (et quelques mots si le cœur t'en dit) sur Amazon. Pour toi ce n'est que quelques secondes mais pour moi et mon livre c'est une énorme avancée. Tu peux le faire directement depuis ta liseuse, ou de ton téléphone ou de ton ordinateur, bref tu as l'embarras du choix.

À très vite,

Alicia

REMERCIEMENTS

Qui n'a jamais regardé un téléfilm de Noël ? Personnellement, je plaide coupable ! C'est un petit plaisir que je m'accorde chaque année et je savais qu'un jour j'écrirais ma romance de Noël. Et bien, c'est chose faîte ! Certes, Holly et Reed n'ont pas une histoire toute mignonne mais c'est exactement comme ça que je voulais les créer : pleins de sarcasmes et de sentiments cachés ! Alors j'espère que cette nouvelle vous aura fait rire, et passer un agréable moment.

Les filles, mes binomettes pour cette aventure, merci d'avoir répondu «présentes» sur des délais aussi courts. Vos nouvelles m'ont mis des paillettes plein les yeux et d'avoir vécu avec vous ce partage était absolument génial ! (leurs nouvelles sont reprises sur la quatrième de couverture si vous voulez en savoir plus ;))

Je vous remercie toutes les trois, ainsi que Céline, pour vos retours sur ma nouvelle qui m'auront permis de l'améliorer. Je me dis que comme ça vous avez aussi participé à faire en sorte qu'elle soit encore mieux.

Quant à vous, lecteur.ice.s, ce recueil est le votre maintenant, faîtes le vivre et pourquoi pas voyager ! J'ai hâte de voir vos photos avec, qui sait avec des clins d'oeil aux personnages qui peuplent ces pages.

D'ici là, je vous embrasse, et vous souhaite de merveilleuses fêtes de fin d'année. Prenez soin de vous et encore merci d'être là, à mes côtés, *no matter what* !

Je vous embrasse tou.te.s

Alicia

DE LA MÊME AUTRICE

Will you play ?
HarperCollins France, Collection &H, 2019

The Wish
Alicia Garnier, 2019

Broken Hope
Alicia Garnier, 2020

Can't help falling in love, tome 1
Hugo Roman, 2021

Can't help falling in love, tome 2
Hugo Roman, 2022

The Void
Alicia Garnier, 2022

Noël... quelle galère !
Alicia Garnier, 2022

RETROUVEZ L'AUTRICE SUR

Site internet : www.aliciagarnier.fr

Boutique en ligne : www.aliciagarnier.fr/shop

Instagram : @aliciagarnier_autrice

TikTok : @moodytakeabook

Facebook : @TakeABookMoody

Amazon : Alicia Garnier

ALICIA GARNIER

Printed in Poland
by Amazon Fulfillment
Poland Sp. z o.o., Wrocław
21 November 2022

6d543114-9f0f-4511-90c1-54819bdc42bcR01